Vittoria Accoramboni

Henri Beyle Stendhal

Vittoria Accoramboni – Duchesse de Bracciano

Malheureusement pour moi comme pour le lecteur, ceci n'est point un roman, mais la traduction fidèle d'un récit fort grave écrit à Padoue en décembre 1585.

Je me trouvais à Mantoue il y a quelques années, je cherchais des ébauches et de petits tableaux en rapport avec ma petite fortune, mais je voulais les peintres antérieurs à l'an 1600 ; vers cette époque acheva de mourir l'originalité italienne déjà mise en grand péril par la prise de Florence en 1530.

Au lieu de tableaux, un vieux patricien fort riche et fort avare me fit offrir à vendre, et très cher, de vieux manuscrits jaunis par le temps ; je demandai à les parcourir ; il y consentit, ajoutant qu'il se fiait à ma probité, pour ne pas me souvenir des anecdotes piquantes que j'aurais lues, si je n'achetais pas les manuscrits.

Sous cette condition, qui me plut, j'ai parcouru, au grand détriment de mes yeux, trois ou quatre cents volumes où furent entassés, il y a deux ou trois siècles, des récits d'aventures tragiques, des lettres de défi relatives à des duels, des traités de pacification entre des nobles voisins, des mémoires sur toutes sortes de sujets, etc., etc. Le vieux propriétaire demandait un prix énorme de ces manuscrits. Après bien des pourparlers, j'achetai fort cher le droit de me faire copier certaines historiettes qui me plaisaient et qui montrent les mœurs de l'Italie vers l'an 1500.

J'en ai vingt-deux volumes in-folio, et c'est une de ces histoires fidèlement traduites que le lecteur va lire, si toutefois il est doué de patience.

Je sais l'histoire du seizième siècle en Italie, et je crois que ce qui suit est parfaitement vrai. J'ai pris de la peine pour que la traduction de cet ancien style italien, grave, direct, souverainement obscur et chargé d'allusions aux choses et aux idées qui occupaient le monde sous le pontificat de Sixte-Quint (en 1585), ne présentât pas de reflets de la belle littérature moderne, et des idées, de notre siècle sans préjugés.

L'auteur inconnu du manuscrit est un personnage circonspect, il ne juge jamais un fait, ne le prépare jamais ; son affaire unique est de raconter avec vérité. Si quelquefois il est pittoresque, à son insu, c'est que, vers 1585, la vanité n'enveloppait point toutes les actions des hommes d'une auréole d'affectation ; on croyait ne pouvoir agir sur le voisin qu'en s'exprimant avec la plus grande clarté possible. Vers 1585, à l'exception des fous entretenus dans les cours, ou des poètes, personne ne songeait à être aimable par la parole. On ne disait point encore : Je mourrai aux pieds de Votre Majesté, au moment où l'on venait d'envoyer chercher des chevaux de poste pour prendre la fuite ; c'était un genre de trahison qui n'était pas inventé. On parlait peu, et chacun donnait une extrême attention à ce qu'on lui disait.

Ainsi, ô lecteur bénévole ! ne cherchez point ici un style piquant, rapide, brillant de fraîches allusions aux façons de sentir à la mode, ne vous attendez point surtout aux émotions entraînantes d'un roman de George Sand ; ce grand écrivain eût fait un chef-d'œuvre avec les vies et les malheurs de Vittoria Accoramboni.

Le récit sincère que je vous présente ne peut avoir que les avantages plus modestes de l'histoire. Quand par hasard, courant la poste seul à la tombée de la nuit, on s'avise de réfléchir au grand art de connaître le cœur humain, on pourra prendre pour base de ses jugements les circonstances de l'histoire que voici. L'auteur dit tout, explique tout, ne laisse rien à faire à l'imagination du lecteur ; il écrivait douze jours après la mort de l'héroïne.

Vittoria Accoramboni naquit d'une fort noble famille, dans une petite ville du duché d'Urbin, nommée Agubio. Dès son enfance, elle fit remarquée de tous, à cause d'une rare et extraordinaire beauté ; mais cette beauté fut son moindre charme : rien ne lui manqua de ce qui peut faire admirer une fille de haute naissance ; mais rien ne fut si remarquable en elle, et l'on peut dire rien ne tint autant du prodige, parmi tant de qualités extraordinaires, qu'une certaine grâce toute charmante qui dès la première vue lui gagnait le cœur et la volonté de chacun. Et cette simplicité qui donnait de l'empire à ses moindres paroles n'était troublée par aucun soupçon d'artifice ; dès l'abord on prenait confiance en cette dame douée d'une si extraordinaire beauté. On aurait pu, à toute force, résister à cet enchantement, si on n'eût fait que la voir ; mais si on l'entendait parler, si surtout on venait à avoir quelque conversation avec elle, il était de toute impossibilité d'échapper à un charme aussi extraordinaire.

Beaucoup de jeunes cavaliers de la ville de Rome, qu'habitait son père, et où l'on voit son palais place des Rusticuci, près Saint-Pierre, désirèrent obtenir sa main.

Il y eut force jalousies et bien des rivalités ; mais enfin les parents de Vittoria préférèrent Félix Peretti, neveu du cardinal Montalto, qui a été depuis le pape Sixte-Quint, heureusement régnant.

Félix, fils de Camille Peretti, sœur du cardinal, s'appela d'abord François Mignucci ; il prit les noms de Félix Peretti lorsqu'il fut solennellement adopté par son oncle.

Vittoria, entrant dans la maison Peretti, y porta, à son insu, cette prééminence que l'on peut appeler fatale, et qui la suivait en tous lieux ; de façon que l'on peut dire que, pour ne pas l'adorer, il fallait ne l'avoir jamais vue. L'amour que son mari avait pour elle allait jusqu'à une véritable folie ; sa belle-mère, Camille, et le cardinal Montalto lui-même, semblaient n'avoir d'autre occupation sur la terre que celle de deviner les goûts de Vittoria, pour chercher aussitôt à les satisfaire. Rome entière admira comment ce cardinal, connu par l'exiguïté de sa fortune non moins que par son horreur pour toute espèce de luxe, trouvait un plaisir si constant à aller au-devant de tous les souhaits de Vittoria. Jeune, brillante de beauté, adorée de tous, elle ne laissait pas d'avoir quelquefois des fantaisies fort coûteuses. Vittoria recevait de ses nouveaux parents des joyaux du plus grand prix, des perles, et enfin ce qui paraissait le plus rare chez les orfèvres de Rome, en ce temps-là fort bien fournis.

Pour l'amour de cette nièce aimable, le cardinal Montalto, si connu par sa sévérité, traita les frères de Vittoria comme s'ils eussent été ses propres neveux.

Octave Accoramboni, à peine à l'âge de trente ans, fut, par l'intervention du cardinal Montalto, désigné par le duc d'Urbin et créé, par le pape Grégoire XIII, évêque de Fossombrone ; Marcel Accoramboni, jeune homme d'un courage fougueux, accusé de plusieurs crimes, et vivement pourchassé par la corte, avait échappé à grand'-peine à des poursuites qui pouvaient le mener à la mort. Honoré de la protection du cardinal, il put recouvrer une sorte de tranquillité.

Un troisième frère de Vittoria, Jules Accoramboni, fut admis par le cardinal Alexandre Sforza aux premiers honneurs de sa cour, aussitôt que le cardinal Montalto en eut fait la demande.

En un mot, si les hommes savaient mesurer leur bonheur, non sur l'insatiabilité infinie de leurs désirs, mais par la jouissance réelle des avantages qu'ils possèdent déjà, le mariage de Vittoria avec le neveu du cardinal Montalto eût pu sembler aux Accoramboni le comble des félicités humaines. Mais le désir insensé d'avantages immenses et incertains peut jeter les hommes les plus comblés des faveurs de la fortune dans des idées étranges et pleines de périls.

Bien est-il vrai que si quelqu'un des parents de Vittoria, ainsi que dans Rome beaucoup en eurent le soupçon, contribua, par le désir d'une plus haute fortune, à la délivrer de son mari, il eut lieu de reconnaître bientôt après combien il eût été plus sage de se contenter des avantages modérés d'une fortune agréable, et qui devait atteindre sitôt au faîte de tout ce que peut désirer l'ambition des hommes.

Pendant que Vittoria vivait ainsi reine dans sa maison, un soir que Félix Peretti venait de se mettre au lit avec sa femme, une lettre lui fut remise par une nommée Catherine, née à Bologne et femme de chambre de Vittoria. Cette lettre avait été apportée par un frère de Catherine, Dominique d'Aquaviva, surnommé le Mancino (le gaucher). Cet homme était banni de Rome pour plusieurs crimes ; mais à la prière de Catherine, Félix lui avait procuré la puissante protection de son oncle le cardinal, et le Mancino venait souvent dans la maison de Félix, qui avait en lui beaucoup de confiance.

La lettre dont nous parlons était écrite au nom de Marcel Accoramboni, celui de tous les frères de Vittoria qui était le plus cher à son mari. Il vivait le plus souvent caché hors de Rome ; mais cependant quelquefois il se hasardait à entrer en ville, et alors il trouvait refuge dans la maison de Félix.

Par la lettre remise à cette heure indue, Marcel appelait à son secours son beau-frère Félix Peretti ; il le conjurait de venir à son aide, et ajoutait que, pour une affaire de la plus grande urgence, il l'attendait près du palais de Montecavallo.

Félix fit part à sa femme de la singulière lettre qui lui était remise, puis il s'habilla et ne prit d'autre arme que son épée. Accompagné d'un seul domestique qui portait une torche allumée, il était sur le point de sortir quand il trouva sous ses pas sa mère Camille, toutes les femmes de la maison, et parmi elles Vittoria elle-même ; toutes le suppliaient avec les dernières instances de ne pas sortir à cette heure avancée. Comme il ne se rendait pas à leurs prières, elles tombèrent à genoux, et, les larmes aux yeux, le conjurèrent de les écouter.

Ces femmes, et surtout Camille, étaient frappées de terreur par le récit des choses étranges qu'on voyait arriver tous les jours, et demeurer impunies dans ces temps du pontificat de Grégoire XIII, pleins de troubles et d'attentats inouïs. Elles étaient encore frappées d'une idée : Marcel Accoramboni, quand il se hasardait à pénétrer dans Rome, n'avait pas pour habitude de faire appeler Félix, et une telle démarche, à cette heure de la nuit, leur semblait hors de toute convenance.

Rempli de tout le feu de son âge, Félix ne se rendait point à ces motifs de crainte ; mais, quand il sut que la lettre avait été apportée par le Mancino, homme qu'il aimait beaucoup et auquel il avait été utile, rien ne put l'arrêter, et il sortit de la maison.

Il était précédé, comme il a été dit, d'un seul domestique portant une torche allumée ; mais le pauvre jeune homme avait à peine fait quelques pas de la montée de Montecavallo, qu'il tomba frappé de trois coups d'arquebuse.

Les assassins, le voyant par terre, se jetèrent sur lui, et le criblèrent a l'envi de coups de poignard, jusqu'à ce qu'il leur parut bien mort. À l'instant, cette nouvelle fatale fut portée à la mère et à la femme de Félix, et, par elles, elle parvint au cardinal son oncle.

Le cardinal, sans changer de visage, sans trahir la plus petite émotion, se fit promptement revêtir de ses habits, et puis se recommanda soi-même à Dieu, et cette pauvre âme (ainsi prise à l'improviste).

Il alla ensuite chez sa nièce, et, avec une gravité admirable et un air de paix profonde, il mit un frein aux cris et aux pleurs féminins qui commençaient à retentir dans toute la maison. Son autorité sur ces femmes fut d'une telle efficacité, qu'à partir de cet instant, et même au moment où le cadavre fut emporté hors de la maison, l'on ne vit ou n'entendit rien de leur part qui s'écartât le moins du monde de ce qui a lieu, dans les familles les plus réglées, pour les morts les plus prévues. Quant au cardinal Montalto lui-même, personne ne put surprendre en lui les signes, même modérés, de la douleur la plus simple ; rien ne fut changé dans l'ordre et l'apparence extérieure de sa vie. Rome en fut bientôt convaincue, elle qui observait avec sa curiosité ordinaire les moindres mouvements d'un homme si profondément offensé.

Il arriva par hasard que, le lendemain même de la mort violente de Félix, le consistoire (des cardinaux) était convoqué au Vatican.

Il n'y eut pas d'homme dans toute la ville qui ne pensât que pour ce premier jour, à tout le moins, le cardinal Montalto s'exempterait de cette fonction publique. Là, en effet, il devait paraître sous les yeux de tant et de si curieux témoins ! On observerait les moindres mouvements de cette faiblesse naturelle, et toutefois si convenable à celer chez un personnage qui d'une place éminente aspire à une plus éminente encore ; car tout le monde conviendra qu'il n'est pas convenable que celui qui ambitionne de s'élever au-dessus de tous les autres hommes se montre ainsi homme comme tous les autres.

Mais les personnes qui avaient ces idées se trompèrent doublement, car d'abord, selon sa coutume, le cardinal Montalto fut des premiers à paraître dans la salle du consistoire, et ensuite il fut impossible aux plus clairvoyants de découvrir en lui un signe quelconque de sensibilité humaine. Au contraire, par ses réponses à ceux de ses collègues qui, à propos d'un événement si cruel, cherchèrent à lui présenter des paroles de consolation, il sut frapper tout le monde d'étonnement. La constance et l'apparente immobilité de son âme au milieu d'un si atroce malheur devinrent aussitôt l'entretien de la ville.

Bien est-il vrai que dans ce même consistoire quelques hommes, plus exercés dans l'art des cours, attribuèrent cette apparente insensibilité non à un défaut de sentiment, mais à beaucoup de dissimulation ; et cette manière de voir fut bientôt après partagée par la multitude des courtisans, car il était utile de ne pas se montrer trop profondément blessé d'une offense dont sans doute l'auteur était puissant, et pouvait plus tard peut-être barrer le chemin à la dignité suprême.

Quelle que fût la cause de cette insensibilité apparente et complète, un fait certain, c'est qu'elle frappa d'une sorte de stupeur Rome entière et la cour de Grégoire XIII. Mais, pour en revenir au consistoire, quand, tous les cardinaux réunis, le pape lui-même entra dans la salle, il tourna aussitôt les yeux vers le cardinal Montalto, et on vit Sa Sainteté répandre des larmes ; quant au cardinal, ses traits ne sortirent point de leur immobilité ordinaire.

L'étonnement redoubla, quand, dans le même consistoire, le cardinal Montalto étant allé à son tour s'agenouiller devant le trône de Sa Sainteté, pour lui rendre compte des affaires dont il était chargé, le pape, avant de lui permettre de commencer, ne put s'empêcher de laisser éclater ses sanglots. Quand Sa Sainteté fut en état de parler, elle chercha à consoler le cardinal en lui promettant qu'il serait fait prompte et sévère justice d'un attentat si énorme. Mais le cardinal, après avoir remercié très humblement Sa Sainteté, la supplia de ne pas ordonner de recherches sur ce qui était arrivé, protestant que, pour sa part, il pardonnait de bon cœur à l'auteur quel qu'il pût être. Et immédiatement après cette prière, exprimée en très peu de mots, le cardinal passa au détail des affaires dont il était chargé, comme si rien d'extraordinaire ne fût arrivé.

Les yeux de tous les cardinaux présents au consistoire étaient fixés sur le pape et sur Montalto ; et quoi qu'il soit assurément fort difficile de donner le change à l'œil exercé des courtisans, aucun pourtant n'osa dire que le visage du cardinal Montalto eût trahi la moindre émotion en voyant de si près les sanglots de Sa Sainteté, laquelle, à dire vrai, était tout à fait hors d'elle-même. Cette insensibilité étonnante du cardinal Montalto ne se démentit point durant tout le temps de son travail avec Sa Sainteté. Ce fut au point que le pape lui-même en fut frappé, et, le consistoire terminé, il ne put s'empêcher de dire au cardinal de San Sisto, son neveu favori : Veramente, *costui è un gran frate* ![1]

La façon d'agir du cardinal Montalto ne fut, en aucun point, différente pendant toutes les journées qui suivirent. Ainsi que c'est la coutume, il reçut les visites de condoléances des cardinaux, des prélats et des princes romains, et avec aucun, en quelque liaison qu'il fût avec lui, il ne se laissa emporter à aucune parole de douleur ou de lamentation. Avec tous, après un court raisonnement sur l'instabilité des choses humaines, confirmé et fortifié par des sentences ou des textes tirés des saintes Écritures ou des Pères, il changeait promptement de discours, et venait à parler des nouvelles de la ville ou des affaires particulières du personnage avec lequel il se trouvait exactement comme s'il eût voulu consoler ses consolateurs.

Rome fut surtout curieuse de ce qui se passerait pendant la visite que devait lui faire le prince Paolo Giordano Orsini, duc de Bracciano, auquel le bruit attribuait la mort de Félix Peretti. Le vulgaire pensait que le cardinal Montalto ne pourrait se trouver si rapproché du prince, et lui parler en tête-à-tête, sans laisser paraître quelque indice de ses sentiments.

Au moment où le prince vint chez le cardinal, la foule était énorme dans la rue et auprès de la porte ; un grand nombre de courtisans remplissaient toutes les pièces de la maison, tant était grande la curiosité d'observer le visage des deux interlocuteurs. Mais, chez l'un pas plus que chez l'autre, personne ne put observer rien d'extraordinaire.

Le cardinal Montalto se conforma à tout ce que prescrivaient les

______

1 En vérité, cet homme est un fier moine !

convenances de la cour ; il donna à son visage une teinte d'hilarité fort remarquable, et sa façon d'adresser la parole au prince fut remplie d'affabilité.

Un instant après, en remontant en carrosse, le prince Paul, se trouvant seul avec ses courtisans intimes, ne put s'empêcher de dire en riant : *In fatto, è vero che costui é un gran frate !*[2] comme s'il eût voulu confirmer la vérité du mot échappé au pape quelques jours auparavant.

Les sages ont pensé que la conduite tenue en cette circonstance par le cardinal Montalto lui aplanit le chemin du trône ; car beaucoup de gens prirent de lui cette opinion que, soit par nature ou par vertu, il ne savait pas ou ne voulait pas nuire à qui que ce fût, encore qu'il eût grand sujet d'être irrité.

Félix Peretti n'avait laissé rien d'écrit relativement à sa femme ; elle dut en conséquence retourner dans la maison de ses parents. Le cardinal Montalto lui fit remettre, avant son départ, les habits, les joyaux, et généralement tous les dons qu'elle avait reçus pendant qu'elle était la femme de son neveu.

Le troisième jour après la mort de Félix Peretti, Vittoria, accompagnée de sa mère, alla s'établir dans le palais du prince Orsini.

Quelques-uns dirent que ces femmes furent portées à cette démarche par le soin de leur sûreté personnelle, la corte paraissant les menacer comme accusées de consentement à l'homicide commis, ou du moins d'en avoir eu connaissance avant l'exécution ; d'autres pensèrent (et ce qui arriva plus tard sembla confirmer cette idée) qu'elles furent portées à cette démarche pour effectuer le mariage, le prince ayant promis à Vittoria de l'épouser aussitôt qu'elle n'aurait plus de mari.

Toutefois, ni alors ni plus tard, on n'a connu clairement l'auteur de la mort de Félix, quoique tous aient eu des soupçons sur tous. La plupart cependant attribuaient cette mort au prince Orsini ; tous savaient qu'il avait eu de l'amour pour Vittoria, il en avait donné des marques non équivoques ; et le mariage qui survint fut une grande

---

2   Il est parbleu bien vrai, cet homme est un fier moine !

preuve, car la femme était d'une condition tellement inférieure, que la seule tyrannie de la passion d'amour put l'élever jusqu'à l'égalité matrimoniale.

Le vulgaire ne fut point détourné de cette façon de voir par une lettre adressée au gouverneur de Rome, et que l'on répandit peu de jours après le fait. Cette lettre était écrite au nom de César Palantieri, jeune homme d'un caractère fougueux et qui était banni de la ville.

Dans cette lettre, Palantieri disait qu'il n'était pas nécessaire que sa seigneurie illustrissime se donnât la peine de chercher ailleurs l'auteur de la mort de Félix Peretti, puisque lui-même l'avait fait tuer à la suite de certains différends survenus entre eux quelque temps auparavant.

Beaucoup pensèrent que cet assassinat n'avait pas eu lieu sans le consentement de la maison Accoramboni ; on accusa les frères de Vittoria, qui auraient été séduits par l'ambition d'une alliance avec un prince si puissant et si riche. On accusa surtout Marcel, à cause de l'indice fourni par la lettre qui fit sortir de chez lui le malheureux Félix. On parla mal de Vittoria elle-même, quand on la vit consentir à aller habiter le palais des Orsini comme future épouse, sitôt après la mort de son mari. On prétendait qu'il est peu probable qu'on arrive ainsi en un clin d'œil à se servir des petites armes, si l'on n'a pas fait usage, pendant quelque temps du moins, des armes de longue portée.

L'information sur ce meurtre fut faite par monseigneur Portici, gouverneur de Rome, d'après les ordres de Grégoire XIII.

On y voit seulement que ce Dominique, surnommé Mancino, arrêté par la corte, avoue et sans être mis à la question (tormentato), dans le second interrogatoire, en date du 24 février 1582 :

« Que la mère de Vittoria fut la cause de tout, et qu'elle fut secondée par la cameriera de Bologne, laquelle, aussitôt après le meurtre, prit refuge dans la citadelle de Bracciano (appartenant au prince Orsini et où la corte n'eût osé pénétrer), et que les exécuteurs du crime furent Machione de Gubbio et Paul Barca de Bracciano, lancie spezzate (soldats) d'un seigneur duquel, pour de dignes raisons, on n'a pas inséré le nom. »

À ces dignes raisons se joignirent, comme je crois, les prières du cardinal Montalto, qui demanda avec instance que les recherches ne furent pas poussées plus loin, et en effet il ne fut plus question du procès. Le Mancino fut mis hors de prison avec le precetto (ordre) de retourner directement à son pays, sous peine de la vie, et de ne jamais s'en écarter sans une permission expresse. La délivrance de cet homme eut lieu en 1583, le jour de Saint Louis, et, comme ce jour était aussi celui de la naissance du cardinal Montalto, cette circonstance me confirme de plus en plus dans la croyance que ce fut à sa prière que cette affaire fut terminée ainsi. Sous un gouvernement aussi faible que celui de Grégoire XIII, un tel procès pouvait avoir des conséquences fort désagréables et sans aucune compensation.

Les mouvements de la corte furent ainsi arrêtés, mais le pape Grégoire XIII ne voulut pourtant pas consentir à ce que le prince Paul Orsini, duc de Bracciano, épousât la veuve Accoramboni. Sa Sainteté, après avoir infligé à cette dernière une sorte de prison, donna le precetto au prince et à la veuve de ne point contracter de mariage ensemble sans une permission expresse de lui ou de ses successeurs.

Grégoire XIII vint à mourir (au commencement de 1585), et les docteurs en droit, consultés par le prince Paul Orsini, ayant répondu qu'ils estimaient que le precetto était annulé par la mort de qui l'avait imposé, il résolut d'épouser Vittoria avant l'élection d'un nouveau pape.

Mais le mariage ne put se faire aussitôt que le prince le désirait, en partie parce qu'il voulait avoir le consentement des frères de Vittoria, et il arriva qu'Octave Accoramboni, évêque de Fossombrone, ne voulut jamais donner le sien, et en partie parce qu'on ne croyait pas que l'élection du successeur de Grégoire XIII dût avoir lieu aussi promptement. Le fait est que le mariage ne se fit que le jour même que fut créé pape le cardinal Montalto, si intéressé dans cette affaire, c'est-à-dire le 24 avril 1585, soit que ce fût l'effet du hasard, soit que le prince fût bien aise de montrer qu'il ne craignait pas plus la corte sous le nouveau pape qu'il n'avait fait sous Grégoire XIII.

Ce mariage offensa profondément l'âme de Sixte-Quint (car tel fut le nom choisi par le cardinal Montalto) ; il avait déjà quitté les façons de penser convenables à un moine, et monté son âme à la hauteur du grade dans lequel Dieu venait de le placer.

Le pape ne donna pourtant aucun signe de colère ; seulement, le prince Orsini s'étant présenté ce même jour avec la foule des seigneurs romains pour lui baiser le pied, et avec l'intention secrète de tâcher de lire, dans les traits du Saint-Père, ce qu'il avait à attendre ou à craindre de cet homme jusque-là si peu connu, il s'aperçut qu'il n'était plus temps de plaisanter. Le nouveau pape ayant regardé le prince d'une façon singulière, et n'ayant pas répondu un seul mot au compliment qu'il lui adressa, celui-ci prit la résolution de découvrir sur-le-champ quelles étaient les intentions de Sa Sainteté à son égard.

Par le moyen de Ferdinand, cardinal de Médicis (frère de sa première femme), et de l'ambassadeur catholique, il demanda et obtint du pape une audience dans sa chambre : là il adressa à Sa Sainteté un discours étudié, et, sans faire mention des choses passées, il se réjouit avec elle à l'occasion de sa nouvelle dignité, et lui offrit, comme un très fidèle vassal et serviteur, tout son avoir et toutes ses forces.

Le pape l'écouta avec un sérieux extraordinaire, et à la fin lui répondit que personne ne désirait plus que lui que la vie et les actions de Paolo Giordano Orsini fussent à l'avenir dignes du sang Orsini et d'un vrai chevalier chrétien ; que, quant à ce qu'il avait été par le passé envers le Saint-Siège et envers la personne de lui, pape, personne ne pouvait lui dire que sa propre conscience ; que pourtant, lui, prince, pouvait être assuré d'une chose, à savoir, que tout ainsi qu'il lui pardonnait volontiers ce qu'il avait pu faire contre Félix Peretti et contre Félix, cardinal Montalto, jamais il ne lui pardonnerait ce qu'à l'avenir il pourrait faire contre le pape Sixte ; qu'en conséquence il l'engageait à aller sur-le-champ expulser de sa maison et des États tous les brigands (exilés) et les malfaiteurs auxquels, jusqu'au présent moment, il avait donné asile.

Sixte-Quint avait une efficacité singulière, de quelque ton qu'il voulût se servir en parlant ; mais, quand il était irrité et menaçant, on eût dit que ses yeux lançaient la foudre.

Ce qu'il y a de certain, c'est que le prince Paul Orsini, accoutumé de tout temps à être craint des papes, fut porté à penser si sérieusement à ses affaires par cette façon de parler du pape, telle qu'il n'avait rien entendu de semblable pendant l'espace de treize ans, qu'à peine sorti du palais de Sa Sainteté il courut chez le cardinal de Médicis lui raconter ce qui venait de se passer.

Puis il résolut, par le conseil du cardinal, de congédier, sans le moindre délai, tous ces hommes repris de justice auxquels il donnait asile dans son palais et dans ses États, et il songea au plus vite à trouver quelque prétexte honnête pour sortir immédiatement des pays soumis au pouvoir de ce pontife si résolu.

Il faut savoir que le prince Paul Orsini était devenu d'une grosseur extraordinaire ; ses jambes étaient plus grosses que le corps d'un homme ordinaire, et une de ces jambes énormes était affligée du mal nommé la lupa (la louve), ainsi appelé parce qu'il faut la nourrir avec une grande abondance de viande fraîche qu'on applique sur la partie affectée ; autrement l'humeur violente, ne trouvant pas de chair morte à dévorer, se jetterait sur les chairs vivantes qui l'entourent.

Le prince prit prétexte de ce mal pour aller aux célèbres bains d'Albano, près de Padoue, pays dépendant de la république de Venise ; il partit avec sa nouvelle épouse vers le milieu de juin. Albano était un port très sûr pour lui ; car depuis un grand nombre d'années, la maison Orsini était liée à la république de Venise par des services réciproques.

Arrivé en ce pays de sûreté, le prince ne pensa qu'à jouir des agréments de plusieurs séjours ; et, dans ce dessein, il loua trois magnifiques palais : l'un à Venise, le palais Dandolo, dans la rue de la Zecca ; le second à Padoue, et ce fut le palais Foscarini, sur la magnifique place nommée l'Arena ; il choisit le troisième à Salo, sur la rive délicieuse du lac de Garde : celui-ci avait appartenu autrefois à la famille Sforza Pallavicini.

Les seigneurs de Venise (le gouvernement de la république) apprirent avec plaisir l'arrivée dans leurs États d'un tel prince, et lui offrirent aussitôt une très noble condotta (c'est-à-dire une somme considérable payée annuellement, et qui devait être employée par le prince à lever un corps de deux ou trois mille hommes dont il aurait le commandement). Le prince se débarrassa de cette offre fort lestement ; il fit répondre à ces sénateurs que, bien que, par une inclination naturelle et héréditaire en sa famille, il se sentît porté de cœur au service de la sérénissime république, toutefois, se trouvant présentement attaché au roi catholique, il ne lui semblait pas convenable d'accepter un autre engagement. Une réponse aussi résolue jeta quelque tiédeur dans l'esprit des sénateurs. D'abord ils avaient pensé à lui plaire, à son arrivée à Venise et au nom de tout le public, une réception fort honorable ; ils se déterminèrent, sur sa réponse, à le laisser arriver comme un simple particulier.

Le prince Orsini, informé de tout, prit la résolution de ne pas même aller à Venise.

Il était déjà dans le voisinage de Padoue, il fit un détour dans cet admirable pays, et se rendit avec toute sa suite, dans la maison préparée pour lui à Salo, sur les bords du lac de Garde. Il y passa tout cet été au milieu des passe-temps les plus agréables et les plus variés.

L'époque du changement (de séjour) étant arrivée, le prince fit quelques petits voyages, à la suite desquels il lui sembla ne pouvoir supporter la fatigue comme autrefois ; il eut des craintes pour sa santé ; enfin il songea à aller passer quelques jours à Venise, mais il en fut détourné par sa femme, Vittoria, qui l'engagea à continuer de séjourner à Salo.

Il y a eu des gens qui ont pensé que Vittoria Accoramboni s'était aperçue du péril que couraient les jours du prince son mari, et qu'elle ne l'engagea à rester à Salo que dans le dessein de l'entraîner plus tard hors d'Italie, et par exemple dans quelque ville libre, chez les Suisses ; par ce moyen elle mettait en sûreté, en cas de mort du prince, et sa personne et sa fortune personnelle.

Que cette conjecture ait été fondée ou non, le fait est que rien de tel n'arriva, car le prince ayant été attaqué d'une nouvelle indisposition à Salo, le 10 novembre, il eut sur-le-champ le pressentiment de ce qui devait arriver.

Il eut pitié de sa malheureuse femme ; il la voyait, dans la plus belle fleur de sa jeunesse, rester pauvre autant de réputation que des biens de la fortune, haïe des princes régnants en Italie, peu aimée des Orsini, et sans espoir d'un autre mariage après sa mort.

Comme un seigneur magnanime et de foi loyale, il fit, de son propre mouvement, un testament par lequel il voulut assurer la fortune de cette infortunée. Il lui laissa en argent ou en joyaux la somme importante de cent mille piastres, outre tous les chevaux, carrosses et meubles dont il se servait dans ce voyage. Tout le reste de sa fortune fut laissé par lui à Virginio Orsini, son fils unique, qu'il avait eu de sa première femme, sœur de François Ier, grand-duc de Toscane (celle-là même qu'il fit tuer pour infidélité, du consentement de ses frères).

Mais combien sont incertaines les prévisions des hommes !

Les dispositions que Paul Orsini pensait devoir assurer une parfaite sécurité à cette malheureuse jeune femme se changèrent pour elle en précipices et en ruine.

Après avoir signé son testament, le prince se trouva un peu mieux le 12 novembre. Le matin du 13 on le saigna, et les médecins, n'ayant d'espoir que dans une diète sévère, laissèrent les ordres les plus précis pour qu'il ne prît aucune nourriture.

Mais ils étaient à peine sortis de la chambre, que le prince exigea qu'on lui servît à dîner ; personne n'osa le contredire, et il mangea et but comme à l'ordinaire. À peine le repas fut-il terminé, qu'il perdit connaissance et deux heures avant le coucher du soleil il était mort.

Après cette mort subite, Vittoria Accoramboni, accompagnée de Marcel, son frère, et de toute la cour du prince défunt, se rendit à Padoue dans le palais Foscarini, situé près de l'Arena, celui-là même que le prince Orsini avait loué.

Peu après son arrivée, elle fut rejointe par son frère Flaminio, qui jouissait de toute la faveur du cardinal Farnèse. Elle s'occupa alors des démarches nécessaires pour obtenir le payement du legs que lui avait fait son mari ; ce legs s'élevait à soixante mille piastres effectives qui devaient lui être payées dans le terme de deux années, et cela indépendamment de la dot, de la contre-dot, et de tous les joyaux et meubles qui étaient en son pouvoir. Le prince Orsini avait ordonné, par son testament, qu'à Rome, ou dans telle autre ville, au choix de la duchesse, on lui achèterait un palais de dix mille piastres, et une vigne (maison de campagne) de six mille ; il avait prescrit de plus qu'il fût pourvu à sa table et à tout son service comme il convenait à une femme de son rang. Le service devait être de quarante domestiques, avec un nombre de chevaux correspondant.

La signora Vittoria avait beaucoup d'espoir dans la faveur des princes de Ferrare, de Florence et d'Urbin, et dans celle des cardinaux Farnèse et de Médicis nommés par le feu prince ses exécuteurs testamentaires. Il est à remarquer que le testament avait été dressé à Padoue, et soumis aux lumières des excellentissimes Parrizolo et Menochio, premiers professeurs de cette université et aujourd'hui si célèbres jurisconsultes.

Le prince Louis Orsini arriva à Padoue pour s'acquitter de ce qu'il avait à faire relativement au feu duc et à sa veuve, et se rendre ensuite au gouvernement de l'île de Corfou, auquel il avait été nommé par la sérénissime république.

Il naquit d'abord une difficulté entre la signora Vittoria et le prince Louis, sur les chevaux du feu duc, que le prince disait n'être pas proprement des meubles suivant la façon ordinaire de parler ; mais la duchesse prouva qu'ils devaient être considérés comme des meubles proprement dits, et il fut résolu qu'elle en retiendrait l'usage jusqu'à décision ultérieure ; elle donnap our garantie le seigneur Soardi de Bergame, condottiere des seigneurs vénitiens, gentilhomme fort riche et des premiers de sa patrie.

Il survint une autre difficulté au sujet d'une certaine quantité de vaisselle d'argent, que le feu duc avait remise au prince Louis comme gage d'une somme d'argent que celui-ci avait prêtée au duc. Tout fut décidé par voie de justice, car le sérénissime (duc) de Ferrare s'employait pour que les dernières dispositions du feu prince Orsini eussent leur entière exécution.

Cette seconde affaire fut décidée le 23 décembre, qui était un dimanche.

La nuit suivante, quarante hommes entrèrent dans la maison de ladite dame Accoramboni. Ils étaient revêtus d'habits de toile taillés d'une manière extravagante et arrangés de façon qu'ils ne pouvaient être reconnus, sinon par la voix ; et, lorsqu'ils s'appelaient entre eux, ils faisaient usage de certains noms de jargon.

Ils cherchèrent d'abord la personne de la duchesse, et, l'ayant trouvée, l'un d'eux lui dit : « Maintenant il faut mourir. »

Et, sans lui accorder un moment, encore qu'elle demandât de se recommander à Dieu, il la perça d'un poignard étroit au-dessous du sein gauche, et, agitant le poignard en tous sens, le cruel demanda plusieurs fois à la malheureuse de lui dire s'il lui touchait le cœur ; enfin elle rendit le dernier soupir. Pendant les autres cherchaient les frères de la duchesse, desquels l'un, Marcel, eut la vie sauve parce qu'on ne le trouva pas dans la maison ; l'autre fut percé de cent coups. Les assassins laissèrent les morts par terre ; toute la maison en pleurs et en cris ; et, s'étant saisis de la cassette qui contenait les joyaux et l'argent, ils partirent.

Cette nouvelle parvint rapidement aux magistrats de Padoue ; ils firent reconnaître les corps morts, et rendirent compte à Venise.

Pendant tout le lundi, le concours fut immense audit palais et à l'église des Ermites pour voir les cadavres. Les curieux étaient si émus de pitié, particulièrement à voir la duchesse si belle ; ils pleuraient son malheur, et *dentibus fremebant* (et grinçaient des dents) contre les assassins ; mais on ne savait pas encore leurs noms.

La corte était venue en soupçon, sur de forts indices, que la chose avait été faite par les ordres, ou du moins avec le consentement dudit prince Louis, elle le fit appeler, et lui, voulant entrer in corte (dans le tribunal) du très illustre capitaine avec une suite de quarante hommes armés, on lui barra la porte, et on lui dit qu'il entrât avec trois ou quatre seulement. Mais, au moment où ceux-ci passaient, les autres se jetèrent à leur suite, écartèrent les gardes, et ils entrèrent tous.

Le prince Louis arrivé devant le très illustre capitaine, se plaignait d'un tel affront, alléguant qu'il n'avait reçu un traitement pareil d'aucun prince souverain. Le très illustre capitaine lui ayant demandé s'il savait quelque chose touchant la mort de signora Vittoria, et ce qui était arrivé la nuit précédente, il répondit que oui, et qu'il avait ordonné qu'on en rendît compte à la justice. On voulut mettre sa réponse par écrit ; il répondit que les hommes de son rang n'étaient pas tenus à cette formalité, et que, semblablement, ils ne devaient pas être interrogés.

Le prince Louis demanda la permission d'expédier un courrier à Florence avec une lettre pour le prince Virginio Orsini, auquel il rendait compte du procès et du crime survenu. Il montra une lettre feinte qui n'était pas la véritable, et obtint ce qu'il demandait.

Mais l'homme expédié fut arrêté hors de la ville et soigneusement fouillé ; on trouva la lettre que le prince Louis avait montrée, et une seconde lettre cachée dans les bottes du courrier ; elle était de la teneur suivante :

AU SEIGNEUR VIRGINIO ORSINI

« Très Illustre Seigneur,

Nous avons mis à exécution ce qui avait été convenu entre nous, et de telle façon, que nous avons pris pour dupe le très illustre Tondini (apparemment le nom du chef de la corte qui avait interrogé le prince), si bien que l'on me tient ici pour le plus galant homme du monde. J'ai fait la chose en personne, ainsi ne manquez pas d'envoyer sur-le-champ les gens que vous savez. »

Cette lettre fit impression sur les magistrats ; ils se hâtèrent de l'envoyer à Venise ; par leur ordre les portes de la ville furent fermées, et les murailles garnies de soldats le jour et la nuit. On publia un avis portant des peines sévères pour qui, ayant connaissance des assassins, ne communiquerait pas ce qu'il savait à la justice. Ceux des assassins qui porteraient témoignage contre un des leurs ne seraient point inquiétés, et même on leur compterait une somme d'argent. Mais sur les sept heures de nuit, la veille de Noël (le 24 décembre, vers minuit), Aloïse Bragadin arriva de Venise avec d'amples pouvoirs de la part du sénat, et l'ordre de faire arrêter vifs ou morts, et quoi qu'il en pût coûter, ledit prince et tous les siens.

Ledit seigneur avogador Bragadin, les seigneurs capitaine et podestat se réunirent dans la forteresse.

Il fut ordonné, sous peine de la potence (della forca), à toute la milice à pied et à cheval, de se rendre bien pourvue d'armes autour de la maison dudit prince Louis, voisine de la forteresse, et contiguë à l'église de Saint-Augustin sur l'Arena.

Le jour arrivé (qui était celui de Noël), un édit fut publié dans la ville, qui exhortait les fils de Saint-Marc à courir en armes à la maison du seigneur Louis ; ceux qui n'avaient pas d'armes étaient appelés à la forteresse, où on leur en remettrait autant qu'ils voudraient ; cet édit promettait une récompense de deux mille ducats à qui remettrait à la corte, vif ou mort, ledit seigneur Louis, et cinq cents ducats pour la personne de chacun de ses gens.

De plus, il y avait ordre à qui ne serait pas pourvu d'armes de ne point approcher de la maison du prince, afin de ne pas porter obstacle à qui se battrait dans le cas où il jugerait à propos de faire quelque sortie.

En même temps, on plaça des fusils de rempart, des mortiers et de la grosse artillerie sur les vieilles murailles, vis-à-vis la maison occupée par le prince ; on en mit autant sur les murailles neuves, desquelles on voyait le derrière de ladite maison. De ce côté, on avait placé la cavalerie de façon à ce qu'elle pût se mouvoir librement, si l'on avait besoin d'elle. Sur les bords de la rivière, on était occupé à disposer des bancs, des armoires, des chars et autres meubles propres à faire office de parapets. On pensait, par ce moyen, mettre obstacle aux mouvements des assiégés, s'ils entreprenaient de marcher contre le peuple en ordre serré. Ces parapets devaient aussi servir à protéger les artilleurs et les soldats contre les arquebusades des assiégés.

Enfin on plaça des barques sur la rivière, en face et sur les côtés de la maison du prince, lesquelles étaient chargées d'hommes armés de mousquets et d'autres armes propres à inquiéter l'ennemi, s'il tentait une sortie : en même temps on fit des barricades dans toutes les rues.

Pendant ces préparatifs arriva une lettre, rédigée en termes fort convenables, par laquelle le prince se plaignait d'être jugé coupable et de se voir traité en ennemi, et même en rebelle, avant que l'on eût examiné l'affaire. Cette lettre avait été composée par Liveroto.

Le 27 décembre, trois gentilshommes, des principaux de la ville, furent envoyés par les magistrats au seigneur Louis, qui avait lui, avec dans sa maison, quarante hommes, tous anciens soldats accoutumés aux armes. On les trouva occupés à se fortifier avec des parapets formés de planches et de matelas mouillés, et à préparer leurs arquebuses.

Ces trois gentilshommes déclarèrent au prince que les magistrats étaient résolus à s'emparer de sa personne ; ils l'exhortèrent à se rendre, ajoutant que, par cette démarche, avant qu'on en fût venu aux voies de fait, il pouvait espérer d'eux quelque miséricorde. À quoi le seigneur Louis répondit que si, avant tout, les gardes placées autour de sa maison étaient levées, il se rendrait auprès des magistrats accompagnés de deux ou trois des siens pour traiter de l'affaire, sous la condition expresse qu'il serait toujours libre de rentrer dans sa maison.

Les ambassadeurs prirent ces propositions écrites de sa main, et retournèrent auprès des magistrats, qui refusèrent les conditions, particulièrement d'après les conseils du très illustre Pio Enea, et autres nobles présents. Les ambassadeurs retournèrent auprès du prince, et lui annoncèrent que, s'il ne se rendait pas purement et simplement, on allait raser sa maison avec de l'artillerie ; à quoi il répondit qu'il préférait la mort à cet acte de soumission.

Les magistrats donnèrent le signal de la bataille, et, quoiqu'on eût pu détruire presque entièrement la maison par une seule décharge, on aima mieux agir d'abord avec de certains ménagements, pour voir si les assiégés ne consentiraient point à se rendre.

Ce parti a réussi, et l'on a épargné à Saint-Marc beaucoup d'argent, qui aurait été dépensé à rebâtir les parties détruites du palais attaqué ; toutefois, il n'a pas été approuvé généralement. Si les hommes du seigneur Louis avaient pris leur parti sans balancer, et fussent élancés hors de la maison, le succès eût été fort incertain. C'étaient de vieux soldats ; ils ne manquaient ni de munitions, ni d'armes, ni de courage, et, surtout, ils avaient le plus grand intérêt à vaincre ; ne valait-il pas mieux, même en mettant les choses au pis, mourir d'un coup d'arquebuse que de la main du bourreau ? D'ailleurs, à qui avaient-ils affaire ? à de malheureux assiégeants peu expérimentés dans les armes, et les seigneurs, dans ce cas, se seraient repentis de leur clémence et de leur bonté naturelle.

On commença donc à battre la colonnade qui était sur le devant de la maison ; ensuite, tirant toujours un peu plus haut, on détruisit le mur de façade qui est derrière. Pendant ce temps, les gens du dedans tirèrent force arquebusades, mais sans autre effet que de blesser à l'épaule un homme du peuple.

Le seigneur Louis criait avec une grande impétuosité : Bataille ! bataille ! guerre ! guerre !

Il était très occupé à faire fondre les balles avec l'étain des plats et le plomb des carreaux des fenêtres. Il menaçait de faire une sortie, mais les assiégeants prirent de nouvelles mesures, et l'on fit avancer de l'artillerie de plus gros calibre.

Au premier coup qu'elle tira, elle fit écrouler un grand morceau de la maison, et un certain Pandolfo Leupratti de Camerino tomba dans les ruines. C'était un homme de grand courage et un bandit de grande importance ? Il était banni des États de la sainte Église, et sa tête avait été mise au prix de quatre cents piastres par le très illustre seigneur Vitelli, pour la mort de Vincent Vitelli, lequel avait été attaqué dans sa voiture, et tué à coups d'arquebuse et de poignard, donnés par le prince Louis Orsini, avec le bras du susdit Pandolfo et de ses compagnons. Tout étourdi de sa chute, Pandolfo ne pouvait faire aucun mouvement ; un serviteur des seigneurs Caidi Lista s'avança sur lui armé d'un pistolet, et très bravement il lui coupa la tête, qu'il se hâta de porter à la forteresse et de remettre aux magistrats.

Peu après un autre coup d'artillerie fit tomber un pan de la maison, et en même temps le comte de Montemelino de Pérouse, et il mourut dans les ruines, tout fracassé par le boulet.

On vit ensuite sortir de la maison un personnage nommé le colonel Lorenzo, des nobles de Camerino, homme fort riche et qui en plusieurs occasions avait donné des preuves de valeur et était fort estimé du prince.

Il résolut de ne pas mourir tout à fait sans vengeance ; il voulut tirer son fusil ; mais, encore que la roue tournât, il arriva, peut-être par la permission de Dieu, que l'arquebuse ne prit pas feu, et dans cet instant il eut le corps traversé d'une balle. Le coup avait été tiré par un pauvre diable, répétiteur des écoliers à Saint-Michel. Et tandis que pour gagner la récompense promise, celui-ci s'approchait pour lui couper la tête, il fut prévenu par d'autres plus lestes et surtout plus forts que lui, lesquels prirent la bourse, le ceinturon, le fusil, l'argent et les bagues du colonel, et lui coupèrent la tête.

Ceux-ci étant morts, dans lesquels le prince Louis avait le plus de confiance, il resta fort troublé, et on ne le vit plus se donner aucun mouvement.

Le seigneur Filenfi, son maître de casa et secrétaire en habit civil, fit signe d'un balcon avec un mouchoir blanc qu'il se rendait. Il sortit et fut mené à la citadelle, conduit sous le bras, comme on dit qu'il est d'usage à la guerre, par Anselme Suardo, lieutenant des seigneurs (magistrats).

Interrogé sur-le-champ, il dit n'avoir aucune faute dans ce qui s'était passé, parce que la veille de Noël seulement il était arrivé de Venise, où il s'était arrêté plusieurs jours pour les affaires du prince.

On lui demanda quel nombre de gens avait avec lui le prince ; il répondit : « Vingt ou trente personnes. »

On lui demanda leurs noms, il répondit qu'il y en avait huit ou dix qui, étant personnes de qualité, mangeaient, ainsi que lui, à la table du prince, et que de ceux-là il savait les noms, mais que des autres, gens de vie vagabonde et arrivés depuis peu auprès du prince, il n'avait aucune particulière connaissance.

Il nomma treize personnes, y compris le frère de Liveroto.

Peu après, l'artillerie, placée sur les murailles de la ville, commença à jouer. Les soldats se placèrent dans les maisons contiguës à celles du prince pour empêcher la fuite de ses gens. Ledit prince, qui avait couru les mêmes périls que les deux dont nous avons raconté la mort, dit à ceux qui l'entouraient de se soutenir jusqu'à ce qu'ils vissent un écrit de sa main accompagné d'un certain signe ; après quoi il se rendit à cet Anselme Suardo, déjà nommé ci-dessus. Et parce qu'on ne put le conduire en carrosse, ainsi qu'il était prescrit, à cause de la grande foule de peuple et des barricades faites dans les rues, il fut résolu qu'il irait à pied.

Il marcha au milieu des gens de Marcel Accoramboni ; il avait à ses côtés les seigneurs condottieri, le lieutenant Suardo, d'autres capitaines et gentilshommes de la ville, tous très bien fournis d'armes. Venait ensuite une bonne compagnie d'hommes d'armes et de soldats de la ville. Le prince Louis marchait vêtu de brun, son stylet au côté, et son manteau relevé sous le bras d'un air fort élégant ; il dit avec un sourire rempli de dédain : Si j'avais combattu ! voulant presque faire entendre qu'il l'aurait emporté. Conduit devant les seigneurs, il les salua aussitôt, et dit :

— Messieurs, je suis prisonnier de ce gentilhomme, montrant le seigneur Anselme, et je suis très fâché de ce qui est arrivé et qui n'a pas dépendu de moi.

Le capitaine ayant ordonné qu'on lui enlevât le stylet qu'il avait au côté, il s'appuya à un balcon, et commença à se tailler les ongles avec une paire de ciseaux qu'il trouva là.

On lui demanda quelles personnes il avait dans sa maison ; il nomma parmi les autres le colonel Liveroto et le comte Montemelino dont il avait été parlé ci-dessus, ajoutant qu'il donnerait dix mille piastres pour racheter l'un d'eux, et que pour l'autre il donnerait son sang même. Il demanda d'être placé dans un lieu convenable à un homme tel que lui. La chose étant ainsi convenue, il écrivit de sa main aux siens, leur ordonnant de se rendre, et il donna sa bague pour signe. Il dit au seigneur Anselme qu'il lui donnait son épée et son fusil, le priant, lorsqu'on aurait trouvé ses armes dans sa maison, de s'en servir pour l'amour de lui, comme étant armes d'un gentilhomme et non de quelque soldat vulgaire.

Les soldats entrèrent dans la maison, la visitèrent avec soin, et sur-le-champ on fit l'appel des gens du prince, qui se trouvèrent au nombre de trente-quatre, après quoi, ils furent conduits deux à deux dans la prison du palais. Les morts furent laissés en proie aux chiens, et on se hâta de rendre compte du tout à Venise.

On s'aperçut que beaucoup de soldats du prince Louis, complices du fait, ne se trouvaient pas ; on défendit de leur donner asile, sous peine, pour les contrevenants, de la démolition de leur maison et de la confiscation de leurs biens ; ceux qui les dénonceraient recevraient cinquante piastres. Par ces moyens, on en trouva plusieurs.

On expédia de Venise une frégate à Candie, portant ordre au

seigneur Latino Orsini de revenir sur-le-champ pour affaire de grande importance, et l'on croit qu'il perdra sa charge.

Hier matin, qui fut le jour de saint Étienne, tout le monde s'attendait à voir mourir ledit prince Louis, ou à ouïr qu'il avait été étranglé en prison ; et l'on fut généralement surpris qu'il en fût autrement, vu qu'il n'est pas oiseau à tenir longtemps en cage. Mais la nuit suivante le procès eu lieu, et, le jour de saint Jean, un peu avant l'aube, on sut que ledit seigneur avait été étranglé et qu'il était mort fort bien disposé. Son corps fut transporté sans délai à la cathédrale, accompagné par le clergé de cette église et par les pères jésuites. Il fut laissé toute la journée sur une table au milieu de l'église pour servir de spectacle au peuple et de miroir aux inexpérimentés.

Le lendemain son corps fut porté à Venise, ainsi qu'il l'avait ordonné dans son testament, et là il fut enterré.

Le samedi on pendit deux de ses gens ; le premier et le principal fut Furio Savorgnano, l'autre une personne vile.

Le lundi qui fut le pénultième jour de l'an susdit, on pendit treize parmi lesquels plusieurs étaient très nobles ; deux autres, l'un dit le capitaine Splendiano et l'autre le comte Paganello, furent conduits par la place et légèrement tenaillés ; arrivés au lieu du supplice, ils furent assommés, eurent la tête cassée, et furent coupés en quartiers, avant qu'ils ne se donnassent au mal, ils étaient fort riches. On dit que le compte Paganello fut celui qui tua la signora Vittoria Accoramboni avec la cruauté qui a été racontée.

On objecte à cela que le prince Louis, dans la lettre citée plus haut, atteste qu'il a fait la chose de sa main ; peut-être fut-ce par vaine gloire comme celle qu'il montra dans Rome en faisant assassiner Vitelli, ou bien pour mériter davantage la faveur du prince Virginio Orsini.

Le comte Paganello, avant de recevoir le coup mortel, fut percé à diverses reprises avec un couteau au-dessous du sein gauche, pour lui toucher le cœur comme il l'avait fait à cette pauvre dame. Il arriva de là que de la poitrine il versait comme un fleuve de sang. Il vécut ainsi plus d'une demi-heure, au grand étonnement de tous. C'était un homme de quarante-cinq ans qui annonçait beaucoup de force.

Les fourches patibulaires sont encore dressées pour expédier les dix-neuf qui restent, le premier qui ne sera pas de fête. Mais, comme le bourreau est extrêmement las, et que le peuple est comme en agonie pour avoir vu tant de morts, on diffère l'exécution pendant ces deux jours. On ne pense pas qu'on laisse la vie à aucun. Il n'y aura peut-être d'excepté, parmi les gens attachés au prince Louis, que le seigneur Filenfi, son maître de casa, lequel se donne toutes les peines du monde, et en effet la chose est importante pour lui, afin de prouver qu'il n'a eu aucune part au fait.

Personne ne se souvient, même parmi les plus âgés de cette ville de Padoue, que jamais, par une sentence plus juste, on ait procédé contre la vie de tant de personnes, en une seule fois. Et ces seigneurs (de Venise) se sont acquis une bonne renommée et réputation auprès des nations les plus civilisées.

(Ajouté d'une autre main) :
François Filenfi, secrétaire et maestro di casa, fut condamné à quinze ans de prison. L'échanson (copiere) Onorio Adami de Fermo, ainsi que deux autres, à une année de prison ; sept autres furent condamnés aux galères avec les fers aux pieds et sept furent relâchés.

FIN